île Maurice

Cap Malheureux
Grande Baie
île D'ambre
Triolet
Poudre d'or
Pamplemousses
Flacq
Terre Rouge
Port-Louis
Centre de Flacq
Beau-Bassin
Quatre Bornes
Vacoa-Phoenix
Curepipe
Flic-en-Flacq
Tamarin
Rose Belle
Mahébourg
Chemin Grenier
Soulliac
île Maurice
Madagascar

Données de catalogage
avant publication (Canada)

Les Éditions Origo
Les aventures de Cosmo le dodo de l'espace[MC]
Concept original de Pat Rac

L'île du roi
2e édition
D'après une idée originale de Pat Rac et Neijib Bentaieb
Illustrations : Pat Rac
Collaboration à certaines composantes du décor : Alain Rivard
Responsable de la rédaction : Neijib Bentaieb
Vérification des textes : François Perras
Équipe de remue-méninges : Sophie C. Laplante,
Simon-Olivier Lorange, Carl Marchand

ISBN 13 : 978-2-923499-06-2 ISBN 10 : 2-923499-06-9

Directeur littéraire : François Perras
Direction artistique : Racine & Associés
Infographie : Racine & Associés
Capital de risque : Technologies HumanID

Dépôt légal :
Bibliothèque nationale du Québec, 2008
Bibliothèque nationale du Canada, 2008

Les Éditions Origo
Boîte postale 4
Chambly (Québec) J3L 4B1
Canada
Téléphone : 450-658-2732
Courriel : info@editionsorigo.com

Imprimé au Canada

Gouvernement du Québec – Programme de crédit d'impôt pour
l'édition de livres – Gestion SODEC

À tous les enfants de la Terre!

Concept original de Pat Rac

L'île du roi

Cosmo et 3R-V sont toujours à la recherche de dodos.
Ils filent d'une planète à l'autre entre les étoiles.

– Cosmo, j'ai détecté une planète où il n'y a que de l'eau! dit 3R-V.

– Que de l'eau? Il ne doit pas y avoir de dodo là-bas! lance Cosmo.

– Non, mais mon idée, c'est d'aller y faire une petite baignade!
Ça va nous ravigoter pour continuer les explorations, répond 3R-V.

– **C'est une bonne idée. Vas-y 3R-V. Plonge!** suggère Cosmo.

Nos deux héros font la baignade. L’eau est bonne et rafraîchissante.

Cosmo aperçoit à l’horizon un petit bateau bondé de gens et d’animaux.

– Regarde 3R-V! On dirait des marins, mentionne Cosmo.

– D’où viennent-ils? Il n’y a que de l’eau sur cette planète! Allons les voir, suggère 3R-V.

– Bonjour, je suis Cosmo et voici mon ami 3R-V. Faites-vous une expédition sur l'eau? questionne Cosmo.

– Ah non! Nous quittons notre royaume, une magnifique île avec beaucoup de végétation et d'animaux, explique le passager barbu.

– Une île, il y a donc des îles sur cette planète… dit 3R-V.

– Une île, comme mon île Maurice?! Est-ce qu'il y a des dodos comme moi là-bas? s'empresse de demander Cosmo.

– Nous n'avons jamais vu de dodos auparavant. Il n'y a plus que le roi sur cette île, répond le jeune passager.

– Pourquoi quittez-vous votre île? demande 3R-V, intrigué.

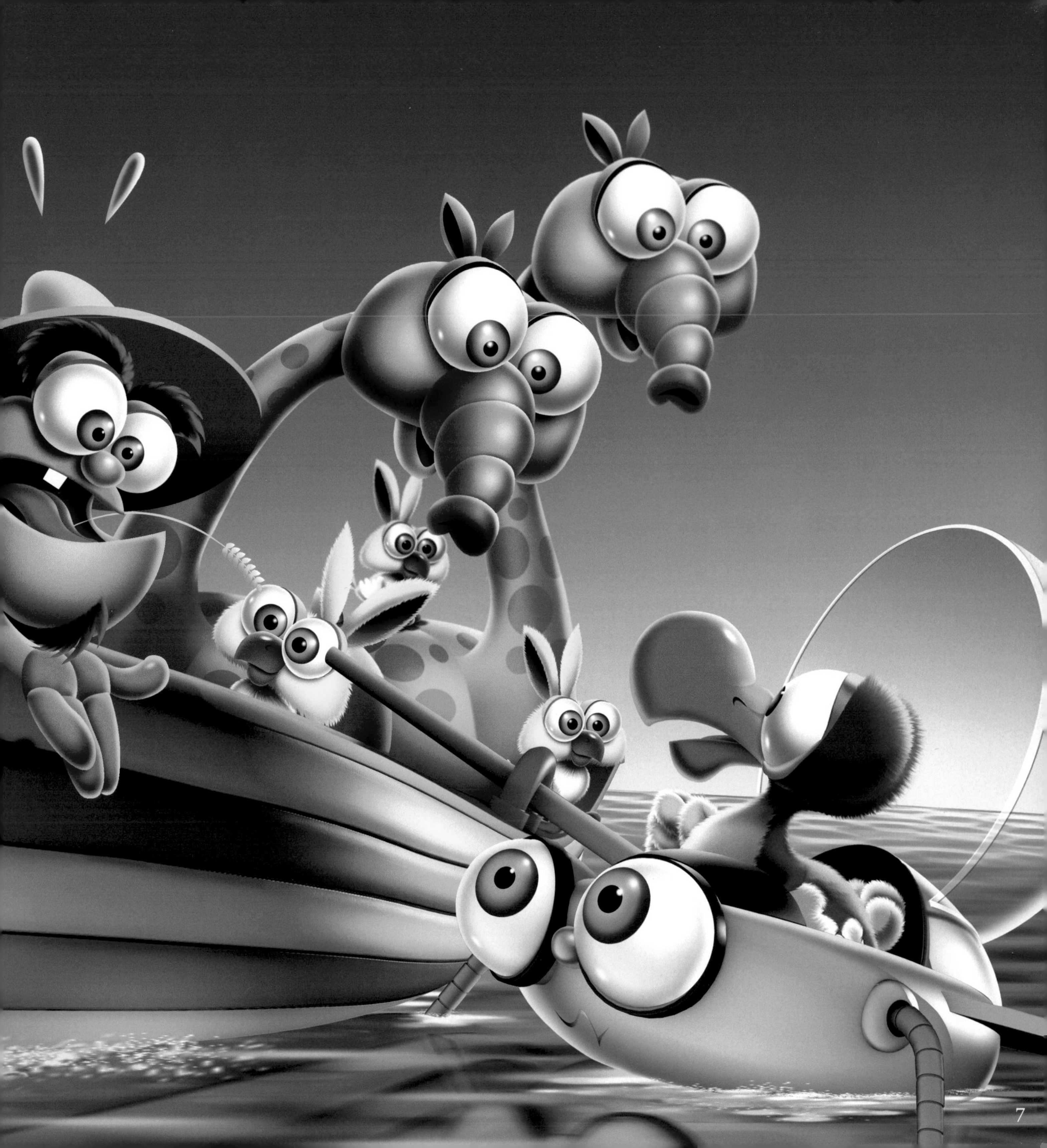

– Nous partons, car notre roi a perdu la tête! Il veut être le plus grand roi aux alentours. Il se construit une immense statue de lui-même avec le sol de l'île et sa nature! explique le barbu.

– Plus la statue grandit et plus l'île rapetisse. Nous adorions notre ancienne île, mais elle est devenue minuscule. Nous cherchons donc une île assez grande pour y habiter tous ensemble, ajoute la passagère.

– **Nom d’un dodo dodu dormant avec une doudou!**
Ça n’a pas de sens! Si nous convainquons le roi de cesser la construction de sa statue, vous pourrez retourner vivre sur votre île! suggère Cosmo.

– Avec ce roi, c’est impossible! Alors, nous préférons continuer à chercher une nouvelle île, affirment les passagers.

À l'approche de la gigantesque statue, 3R-V dit :
– Es-tu certain de vouloir rencontrer ce roi? Il n'a pas l'air très rigolo.

– Allez 3R-V, à l'aventure! Nous devons aider ces gens, répond Cosmo.

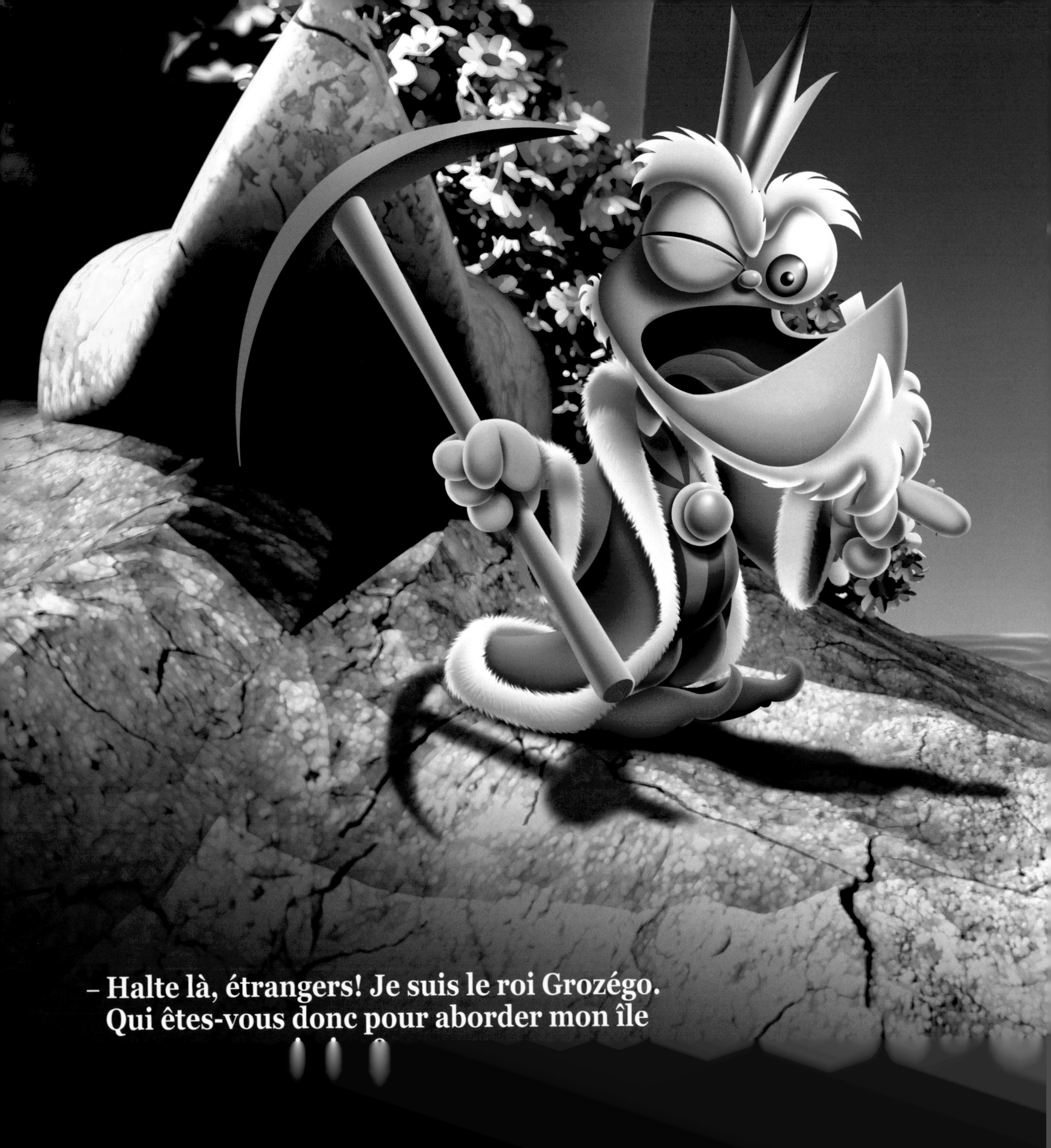

– Halte là, étrangers! Je suis le roi Grozégo.
Qui êtes-vous donc pour aborder mon île

– Je suis Cosmo et voici 3R-V, mon vaisseau-robot. Nous sommes venus à votre rencontre, Majesté.

– Ah, je vois! Vous venez admirer celui qui deviendra le plus grand des rois, dit Grozégo.

– À vrai dire Majesté, nous venons discuter de votre immense statue, réplique Cosmo.

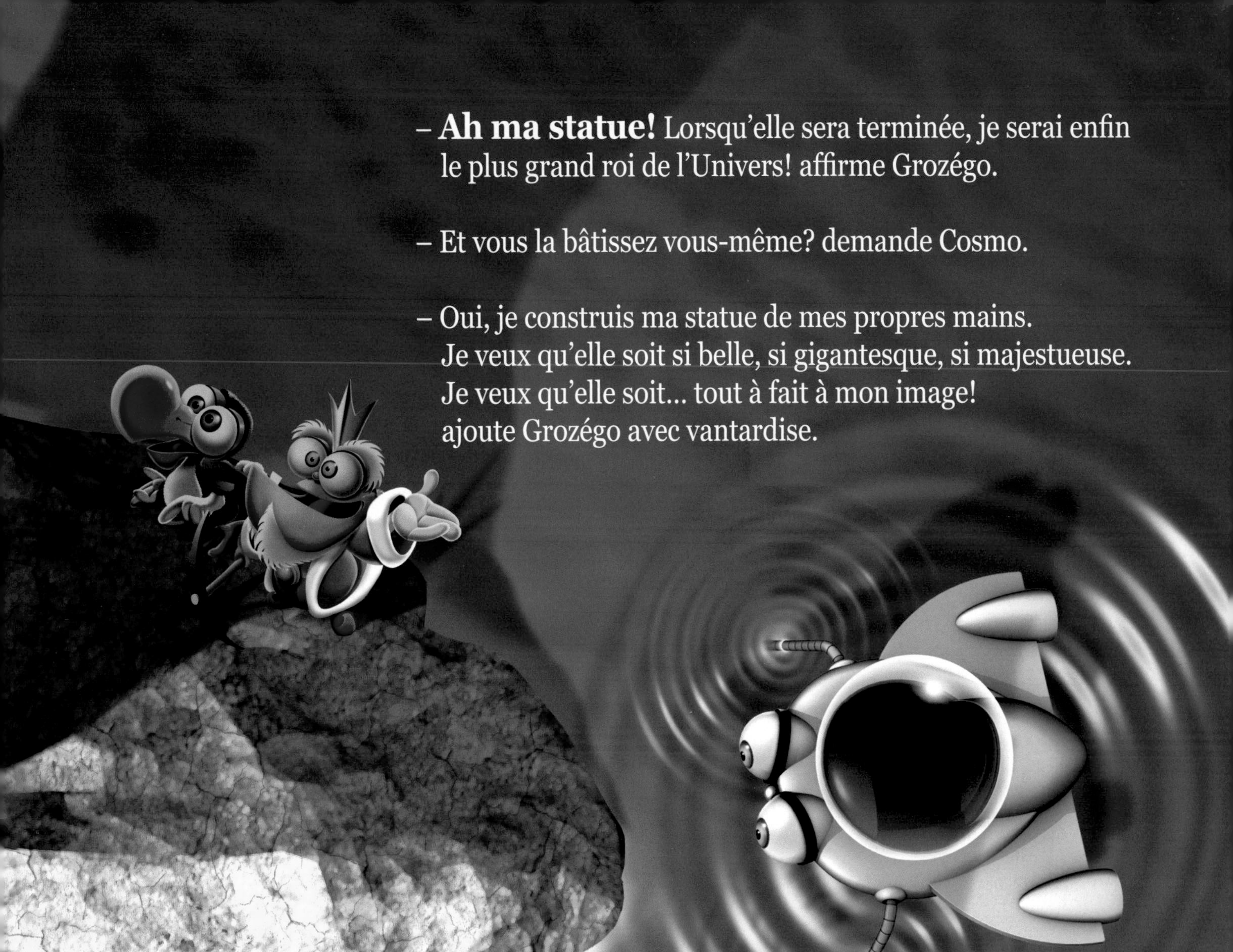

– **Ah ma statue!** Lorsqu'elle sera terminée, je serai enfin le plus grand roi de l'Univers! affirme Grozégo.

– Et vous la bâtissez vous-même? demande Cosmo.

– Oui, je construis ma statue de mes propres mains. Je veux qu'elle soit si belle, si gigantesque, si majestueuse. Je veux qu'elle soit... tout à fait à mon image! ajoute Grozégo avec vantardise.

3R-V n'est pas rassuré.

– Ce roi est étrange. Faisons comme les habitants, quittons vite cette île, se dit-il.

– Majesté, c'est vrai que cette statue vous ressemble beaucoup, dit Cosmo.

– Oui, je sais! Je suis l'artiste le plus talentueux de mon époque.
Pour couronner le tout, je vais bâtir ma couronne avec cette dernière parcelle de l'île, répond Grozégo.

Grozégo est unique en son genre, mais Cosmo a plus d'un tour dans son sac.

– Les habitants doivent être fiers de leur roi, dit Cosmo.

– Tous les habitants de cette île me vénèrent. Ils m'admirent. Ils sont tous à mon service!
Justement, où sont-ils? demande Grozégo.

– Nous les avons croisés sur les eaux. Majesté, ils vous ont quitté! affirme Cosmo.

– **Mes habitants ont déserté mon royaume?! Pourquoi m'ont-ils fait cela?** hurle-t-il.

– Ils recherchent une île plus grande, explique Cosmo.

– **Plus grande?** Qu'est-ce qu'elle a, mon île? Oui, c'est vrai, je l'ai quelque peu modifiée pour réaliser mon chef-d'œuvre. Et alors? Cette statue fait de moi le plus grand des rois! clame Grozégo.

Cosmo prépare ses questions.

– Vous dites « le plus grand des rois », mais Majesté, êtes-vous encore un roi? questionne Cosmo.

– Je suis le roi Grozégo! Qu'est-ce que cette question ridicule? Insolent!

– Mais Majesté, il me semble que les rois règnent sur des royaumes et des habitants. Sur quoi régnez-vous maintenant? demande simplement Cosmo.

Devant cette question, Grozégo fixe Cosmo. Il respire de plus en plus fort. Il grince les dents. Il fronce les sourcils.

– Eh bien... Je règne sur cette grande... En fait... Je suis le roi de... Heu... dit-il en cherchant la réponse.

La frustration s'empare de Grozégo. Il devient rouge de colère.

– Cosmo, je crois que tu as fâché le roi, s'inquiète 3R-V.

Grozégo se tourne brusquement vers sa statue.

Il la pousse, il la tire, il tente de la soulever de toutes ses forces.

– **Il est devenu fou!** s’écrie 3R-V.

– **Majesté, que faites-vous?!** demande Cosmo.

Grozégo multiplie ses efforts. La gigantesque statue perd tout à coup son équilibre.

– **Attention Cosmo, la statue tombe!** crie 3R-V.

Nos deux héros sont stupéfaits de la réaction du roi.
Pourquoi Grozégo a-t-il fait cela?

Depuis un long moment, les recherches continuent tranquillement.
Les passagers sont épuisés.

– Nous naviguons depuis des jours et des nuits. Toujours aucune île à l'horizon, dit la passagère.

– Peut-être que nous aurions mieux fait d'aller avec Cosmo... ajoute le plus jeune.

– **Ah non!** Vous savez bien qu'il est impossible de convaincre ce roi. De toute façon, sur l'île, il n'y a plus d'arbres, plus de fleurs et plus d'espace pour y vivre, explique le barbu.

Une forme au loin attire l'attention de la passagère.

– **Terre à l'horizon! Terre à l'horizon!** s'exclame-t-elle. **Nous sommes sauvés!**

En débarquant sur la nouvelle île, les habitants et les animaux sont fous de joie.

– Cette île semble aussi grande que l'ancienne, fait remarquer l'habitante.

– Cette île est parfaite pour nous! lancent-ils tous en chœur.

– Grimpons cette colline, nous verrons toute sa grandeur, suggère le barbu.

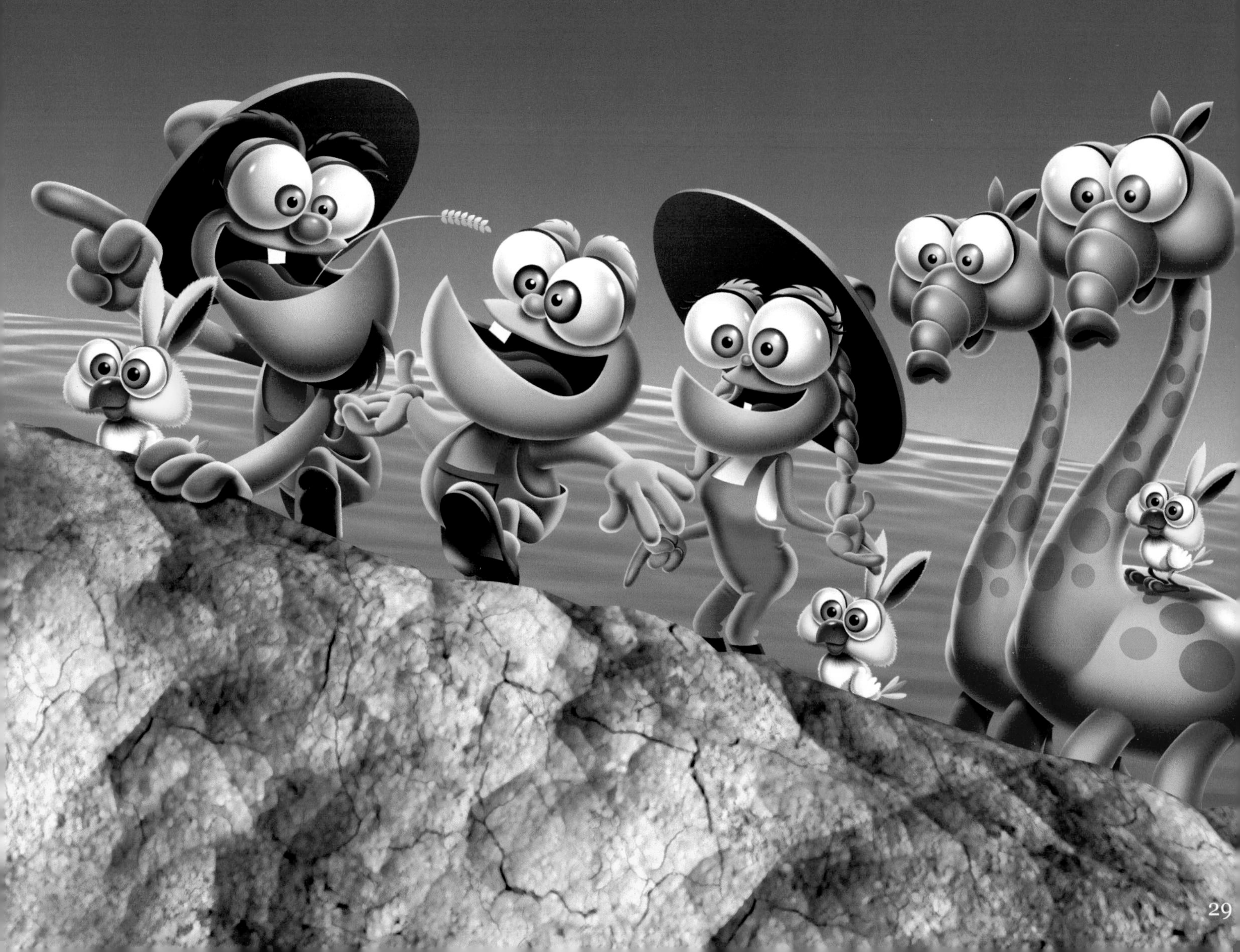

Au sommet, les habitants ont toute une surprise.

– **Grozégo! Mais que faites-vous là?!** demandent les habitants, étonnés.

– **Ah, mes amis, vous voilà enfin!**
s'exclame Grozégo.

Le roi et les habitants se sont retrouvés.
Mais où sont Cosmo et 3R-V?

– Regarde, les habitants sont de retour sur l'île! 3R-V, cessons nos recherches, dit Cosmo

– Elle est bien bonne celle-là, ils ont tourné en rond! lance 3R-V.

– Allons vite les rejoindre! répond Cosmo.

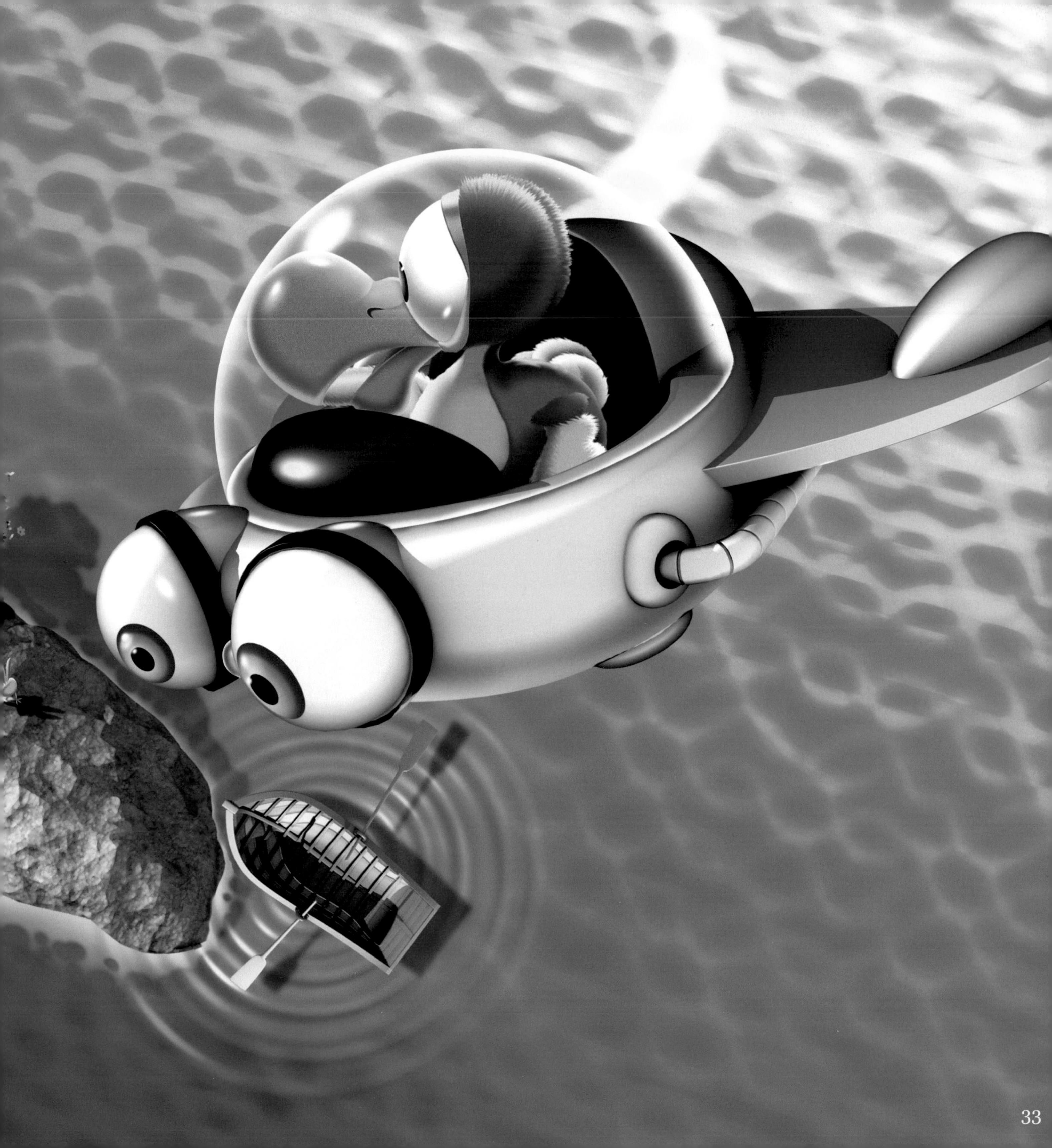

Les habitants sont complètement abasourdis.

– Alors, si nous sommes revenus sur l'île, où est la statue?

– Vous marchez dessus! Je l'ai fait tomber pour retrouver mon royaume. Maintenant, je souhaite retrouver mes habitants! Revenez vivre dans ce royaume, suggère Grozégo.

– **Qu'est-ce qui nous assure que vous ne recommencerez pas une autre statue?** questionne d'un air méfiant le barbu.

Le roi Grozégo répond fièrement :

– J'ai compris qu'il faut davantage qu'une grande statue pour être un grand roi. Je dois avant tout protéger mon royaume et ses habitants.

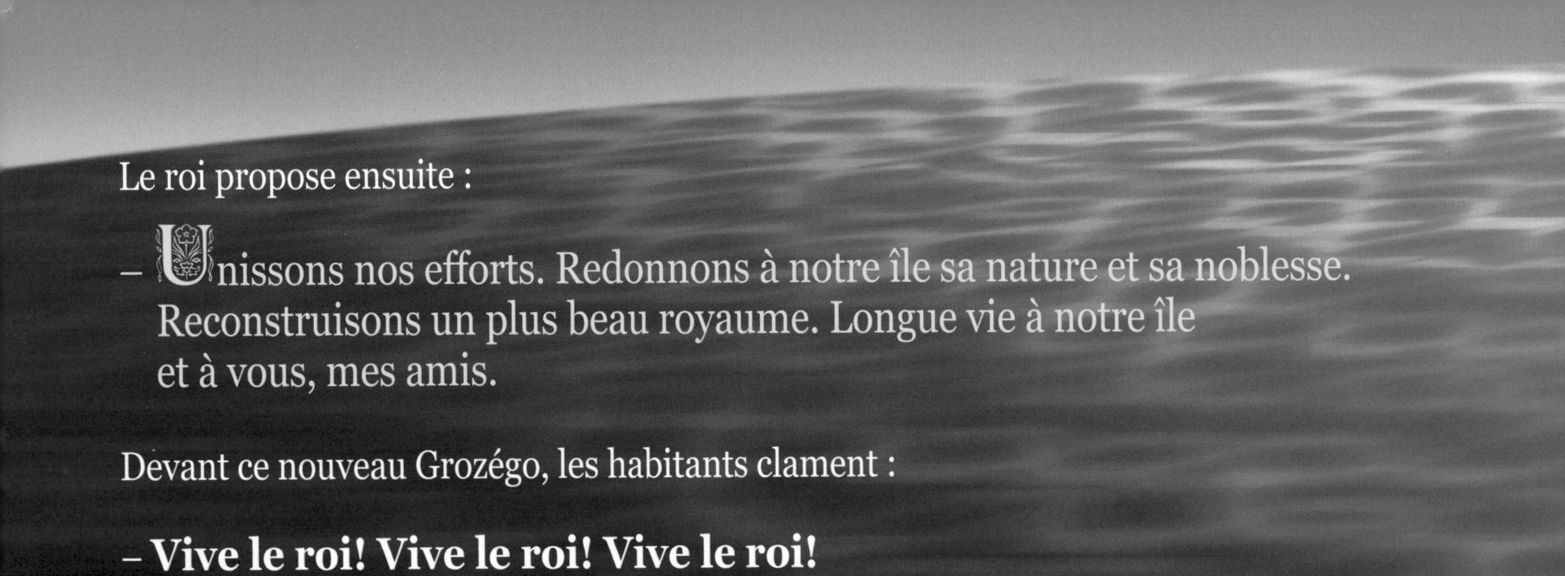

Le roi propose ensuite :

– Unissons nos efforts. Redonnons à notre île sa nature et sa noblesse. Reconstruisons un plus beau royaume. Longue vie à notre île et à vous, mes amis.

Devant ce nouveau Grozégo, les habitants clament :

– **Vive le roi! Vive le roi! Vive le roi!**

– Grozégo est réellement devenu un grand roi, constate Cosmo.

– En route vers de nouvelles aventures. Allons trouver des dodos! lance 3R-V.

1- Pourquoi le roi se construit-il une immense statue?

2- Quelles sont les conséquenses de la statue sur l'environnement et les habitants de l'île?

3- Que retiens-tu de *L'île du roi*?

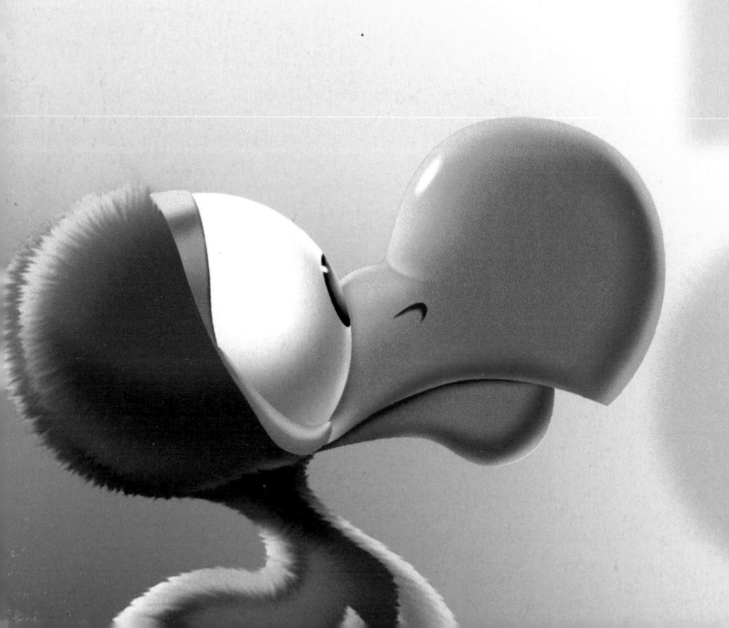